Alfred Le Petit, H. Briollet

Fleurs fruits et legumes du jour

Antigonos

Alfred Le Petit, H. Briollet

Fleurs fruits et legumes du jour

Réimpression inchangée de l'édition originale de 1871.

1ère édition 2024 | ISBN: 978-3-38813-097-2

Antigonos Verlag est une marque de Outlook Verlagsgesellschaft mbH.

Verlag (Éditeur): Outlook Verlag GmbH, Zeilweg 44, 60439 Frankfurt, Deutschland, info@outlook-verlag.de
Vertretungsberechtigt (Représentant autorisé): E. Roepke, Zeilweg 44, 60439 Frankfurt, Deutschland
Druck (Imprimerie): Libri Plureos GmbH, Friedensallee 273, 22763 Hamburg, Deutschland

FLEURS
FRUITS
& LÉGUMES DU JOUR
PAR
ALFRED LE PETIT
LÉGENDÉS DE H. BRIOLLET
au bureau de L'Eclipse 16 rue du croissant.
PARIS
A. & P. PARIS 2 MARS 1871.
Au Bureau de L'ECLIPSE 16, Rue du Croissant, PARIS
Imp Coulbœuf, Paris

LE GÉNÉRAL TROCHU.

Air: *Du haut en bas*

Il a son plan
Sous trois cachets chez un notaire,
Il a son plan

Précis, infaillible, excellent,
Est-ce, un chef-d'œuvre militaire?
N'en sachant rien l'on doit se taire,

GAMBETTA.

Ce Tribun , la terreur des princes ,
Depuis le Nord jusqu'au Midi,
Sut réchauffer dans les Provinces,
Le patriotisme engourdi

Au Bureau de L'ECLIPSE 16, Rue du Croissant, PARIS

Imp Coulbœuf, Paris

LE GÉNÉRAL CHANZY.

Ce Perce-Neige là, soldat des plus vaillants,

Percera les Prussiens, qui ne seront pas blancs.

LE CACTUS ÉPINEUX.

Au Bureau de L'ECLIPSE, 16, Rue du Croissant, PARIS

M. DELESCLUZE.

Il est très-doux dans son sommeil;

Mais il est terrible au Réveil.

LA POMME DE TERRE

M. DORIAN

Tandis qu'en plein azur en vain le poëte erre,
Il agit, Dorian, chacun le reconnait,
Dans la réalité qui nous étreint, l'on n'est
Jamais trop homme de terre

M. EDMOND ABOUT.

About, fait certain livre et le dédie à l'homme,
Fils d'Hortense, on y lit ces mots que j'en extrais :
« A l'auteur de tous nos progrès, j'offre ce tome »
Signé « L'auteur du **Progrès**

LE ROSIER DES BATAILLES

Au Bureau de L'ECLIPSE,16,Rue du Croissant,PARIS

Imp Coulbœuf, Paris

LE GÉNÉRAL FAIDHERBE.

Ce rosier là, dit « des batailles »
Doit fleurir à Paris au mois de Février
Il vient du coté de Versailles
Et porte assure-t'on des feuilles de laurier

LE POIS DE SENTEUR

M. JULES SIMON

(Air du refrain de Jenny l'Ouvrière).
Jules Simon, auteur de l'Ouvrière
Au cœur, hélas ! plein de souci
Certes pourrait n'être rien, il préfère
Etre ministre aussi.

LE RADIS

M. FÉLIX PYAT.

Banni par l'Empereur, dans la libre Angleterre
Il a passé de longs jours,
Et rentra parmi nous sitôt l'Empire à terre.
Le radis revient toujours

M. JULES FERRY.

Eloquent comme Mirabeau,
Fait au moule comme un cent garde,
Jules Ferry voit tout en beau
Et surtout lorsqu'il se regarde.

FLEUR DESSÉCHÉE

Au Bureau de l'ECLIPSE, 16, Rue du Croissant, PARIS

Imp. Coulbœuf, Paris

M. LITTRÉ.

Littré, la fleur de la science,
D'un Dictionnaire accoucha ;
A ce travail de patience,
La pauvre fleur se dessécha.

LE PÉCHER

M. STEENACKERS

Des fils du télégraphe il a su détacher
Pour nous les envoyer, mainte nouvelle fraîche
L'on représente ici Steenackers en pêcher
Car c'est vraiment l'homme **dépêche**.

Au Bureau de L'ECLIPSE.16, Rue du Croissant PARIS

Imp. Coulbœuf, Paris

LOUIS BLANC.

.. montre en tout ce qu'il écrit
Des opinions avancées,
Car pour le peuple qu'il chérit
Son front est rempli de pensées

Au Bureau de L'ÉCLIPSE 16. Rue du Croissant PARIS

Imp Coulbœuf, Paris

CLÉMENT `THOMAS.

Souvenez-vous de moi
A dit Clément Thomas le quatre de Septembre
Au moment ou la foule envahissait la Chambre
J'ai servi le pays dans un temps plein d'émoi
« Souvenez-vous de moi »

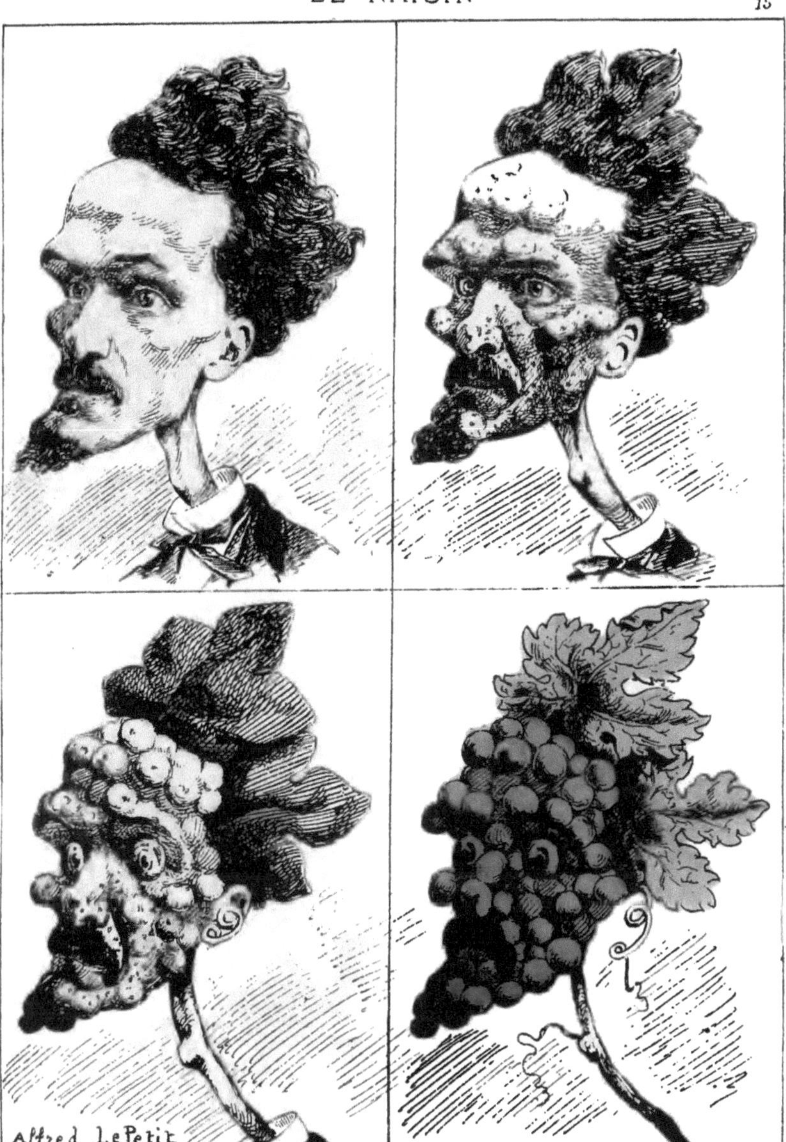

HENRI ROCHEFORT.

Notre Député Rochefort,
Comme on le voit, ressemble fort
A la grappe
D'un raisin aux grains savoureux,
d'où s'échappe
Un vin clair, rouge et généreux.

Au Bureau de L'ECLIPSE.16,Rue du Croissant.PARIS   Imp.Coulbœuf.Paris

JULES FAVRE.

Pour l'Académie, il est immortel,
Pour le peuple, il est mort —— ou presque tel.

M. THIERS.

Vingt-un départements l'ont élu député.
Il n'est pas de succés pareil dans notre histoire.
Thiers voudrait rester froid; mais radieux,enchanté,
Malgré lui-même,il fait sa poire

Au Bureau de L'ECLIPSE,16,Rue du Croissant,PARIS

Imp.Coulbœuf,Paris

M. SCHŒLCHER

Le haricot rouge est bruyant :
Ce simple fait est authentique,
Mais il ne sort pas que du vent
De ce vieux mets démocratique.

Au Bureau de L'ECLIPSE, 16, Rue du Croissant, PARIS

Imp Coulbœuf, Paris

GARIBALDI.

Comme le laurier dont il est couvert,
Malgré son grand âge, il est toujours vert.

Au Bureau de L'ÉCLIPSE,16,Rue du Croissant,PARIS

imp.Coulbœuf,Paris

M. DUPANLOUP.

Le diable dit:_ sauvons nous vite !
Dieu ! j'allais me mettre dedans !
Ceci n'est pas de l'eau bénîte :
C'est du vinaigre d'Orléans.

M. CRÉMIEUX

Voila Crémieux ! dira la foule ;
Son portrait est des plus ressemblants :
Ce vieux Cactus à cheveux blancs
Est-bien une drôle de boule !

FLEURS, FRUITS & LÉGUMES DU JOUR.

LA POMME

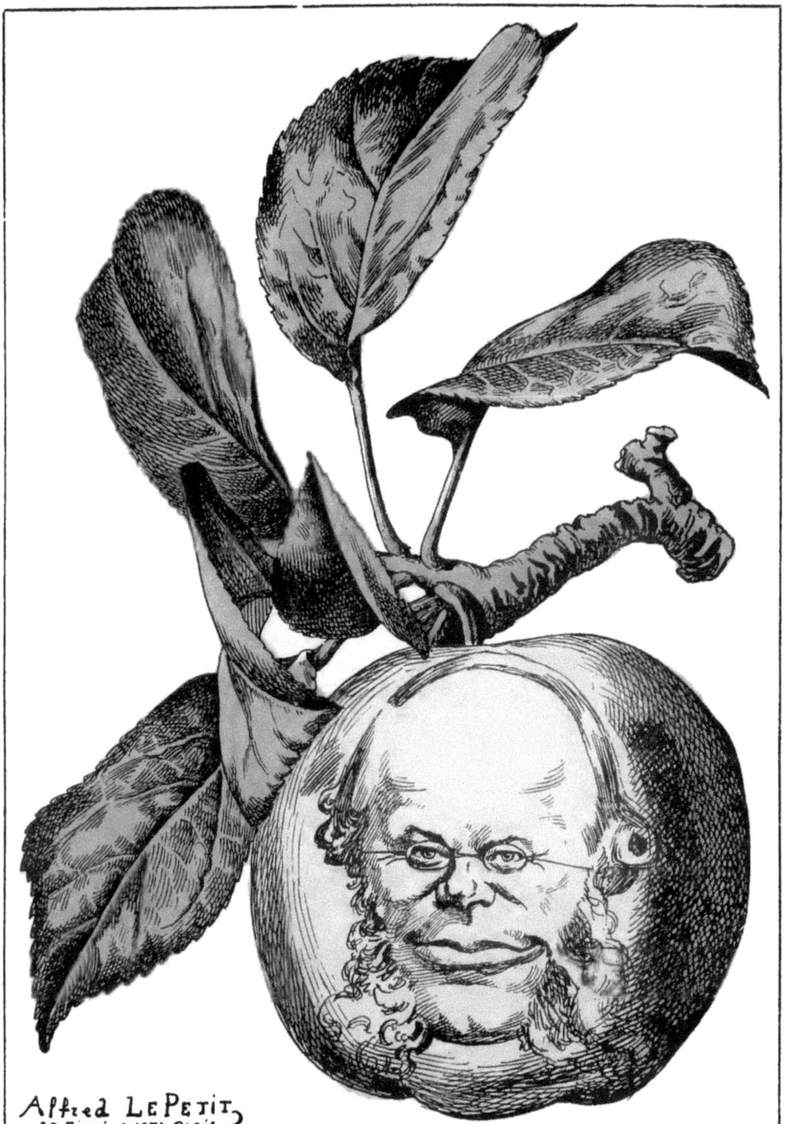

Au Bureau de L'ECLIPSE.16, Rue du Croissant, PARIS

Imp. Coulbœuf, Paris

M. POUYER-QUERTIER.

Le pays qu'enrichit la pomme
Est connu dans le monde entier
Ici, de ce fruit qu'on renomme,
Pouyer vous montre un fort Quertier.

M. DUFAURE.

Oh! quelle plante singulière!
Quel attachement obstiné!
Toute sa vie on voit le lierre
A des ruines cramponné.

Au Bureau de L'ECLIPSE,16,Rue du Croissant,PARIS   Imp.Coulbœuf, Paris

M. GRÉVY.

Quand la pivoine aux tons ardents
Blague le lys à pâle teinte,
La Clochette adroitement tinte
C'est l'emblème des Présidents.

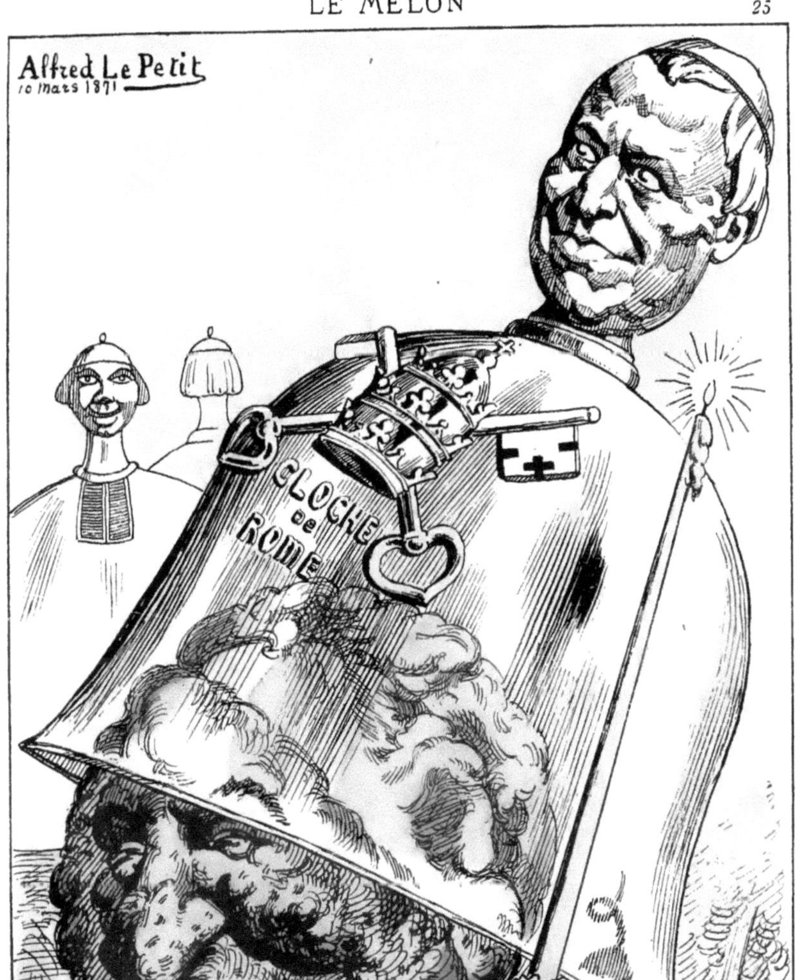

M. LOUIS VEUILLOT.

Elle a beau revenir de Rome,
Humide encor du goupillon,
Sous une cloche, au lieu d'un homme,
On ne peut trouver qu'un melon

LES CERISES.

M.M. EMMANUEL & ÉTIENNE ARAGO.

Sans se conduire, voyez-vous,
Comme la belle Boulangère,
La République a des bijoux,
Certes, qui ne lui coûtent guère.

Au Bureau de L'ÉCLIPSE, 16, Rue du Croissant, PARIS

Imp. Coulbœuf, Paris

M. EDGAR QUINET

Sous tes écrits, Edgar Quinet,
Tu vis caché, parfumant l'ombre
O fleur, loin des regards qui nait,
Violette aux charmes sans nombre

M. ERNEST PICARD.

Hélas !_ sans pain, sans bœuf, sans houille,
Paris a beaucoup souffert, car
Il a souffert qu'Ernest Picard
S'arrondit comme une citrouille

M. P. TIRARD.

— Aux ânes de la République
Foulant mon pré municipal,
Je dis — qui s'y frotte, s'y pique
Je suis un Chardon radical ! »

M. V^or HUGO.

Ce vieil et robuste églantier
Toujours fleuri de nobles roses,
N'eut des épines sans quartier
Que pour les méprisables choses.

LAITUES

Au Bureau de L'ECLIPSE.16, Rue du Croissant, PARIS
Imp. Coulbœuf, Paris

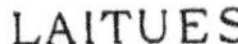

M. JOIGNEAUX.

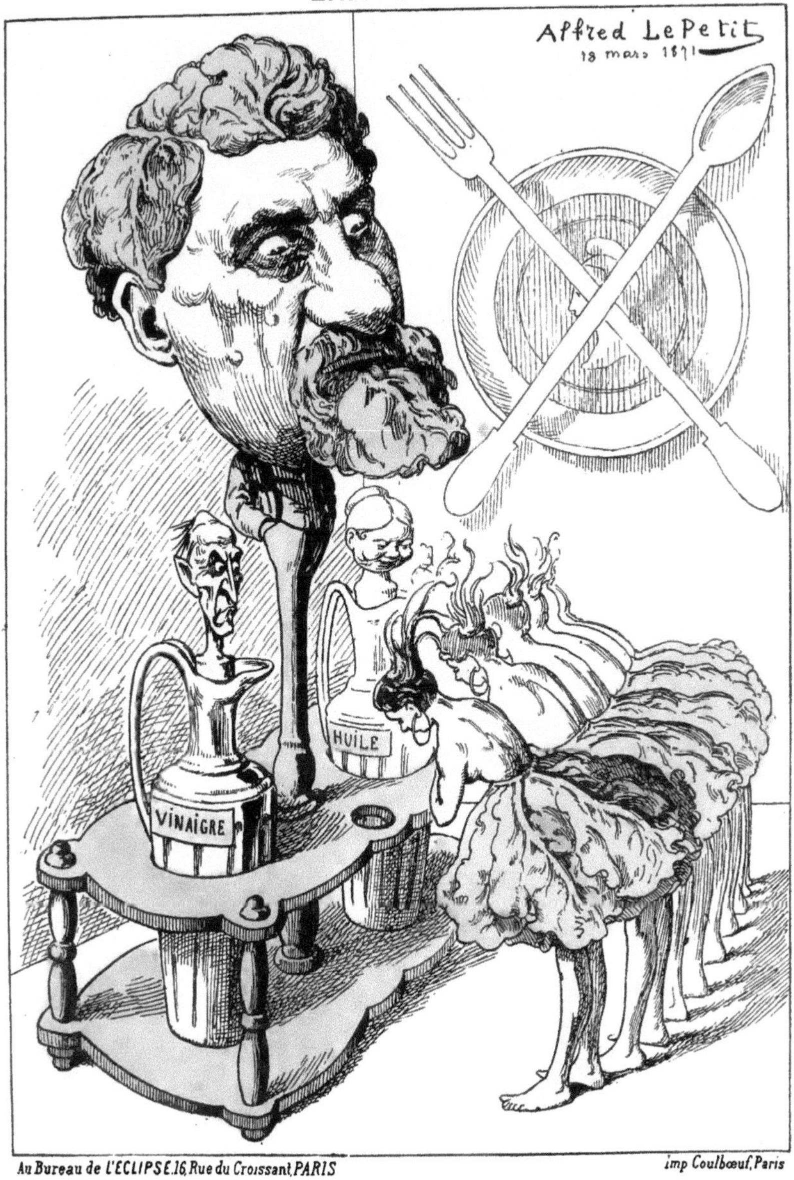

Le Siècle veut que l'on joigne aux
Salades qu'on vend à la Halle,
La salade obsidionale
De l'agronome P. Joigneaux

Fin de la 1re Série